この本のおもしろポイント

あなたは、どんな結婚がしたい？

この本のテーマは、**ずばり結婚！**　しかも
この時代の未婚女性は、自立できる職業が
かぎられてい　　　　　　　　　　　ん
な、結婚に　　　　　　　　　　　　こ
登場する人　　　　　　　　　　　　ぞ
れちがいま　　　　　　　　　　　　**婚**
をしたいのか、そして**どんなプロポーズ**
が理想なのかを考えながら読んでみてね！

きょ～れつなサブキャラがいっぱい登場！

おもしろいお話の条件ってなんだろう？
かわいい主人公？　かっこいい恋のお相手？
いいえ、それだけじゃたりません。いちばん
大事なのは、**めっちゃ濃いサブキャラ！**　こ
の本には、**きょ～れつなサブキャラがたっ
くさん登場します**。この人たちがハチャメ
チャなことをしてきたら、おもしろいことが
はじまるぞ！　って**ワクワク**して読んでね。

この2人に戦ってほしい！

ラスボス
レディ・キャサリン

V.S.（バーサス）

世界最強の
ママ

登場人物紹介
大キライ
スキ
キライ
スキ
?
ダーシーさん
大金持ちの気むずかし屋。
初対面でリジーを
怒らせてしまう。
ウィッカムさん
ハンサムでスマートな
兵隊さん。
リジーに一目ボレされる。
リジー（エリザベス）
姉思いの女の子。
結婚はしてみたいけど…
ジェイン
リジーの姉。
美人で心やさしい。
リディア
リジーの妹。
遊び好きでミーハー。
ママ
リジーたちの母。
娘の結婚に命をかけてる。
ビングリーさん
お金持ちの美男子。
ジェインのことが♥！
コリンズ神父
リジーのいとこ。
とにかく結婚したい。
レディ・キャサリン
コリンズ神父が尊敬する貴族。
ダーシーさんのおば。

100nen-meisaku

100年後も読まれる名作⑩

リジーの結婚

プライドと偏見

作／ジェイン・オースティン　編訳／令丈ヒロ子
絵／水谷はつな　監修／坪田信貴

もくじ

「プライド」――自分をすばらしいと思う気持ち。

「偏見」――かたよった、ものの見かた。ちゃんとした理由もないのに人を悪く思うこと。

プライドと偏見は、持ちすぎるとめんどうなことが起こります。

とくに、恋のじゃまをすることが多いんです。

今からするのは、プライドと偏見をたくさん持った人たちが、恋や結婚になやみ、ぶつかったりすれちがったりしながらも、幸せになるお話です。

むかし、イギリスのロングボーンという町に、**エリザベス・ベネット**は住んでいました。

エリザベスは**リジー**と呼ばれていて、土地をたくさん持っている地主のおじょうさま。そして五人姉妹の二番めです。

長女の**ジェイン**はだれもが見とれるような美人で、やさしい性格でした。三番めの**メアリ**はまじめすぎる勉強家。四番めの**キティ**と末っ子の**リディア**は遊び好きで陽気。

そしてベネット家の五人姉妹は、美人ぞろいだと近所でも評判でした。

その朝、**ママ**はものすごくこうふんしていました。

「ああ、楽しみだわ。今夜の舞踏会が待ちきれない」

「おや、どうしてそんなに楽しみなんだね？」

朝ごはんを食べながら、**パパ**がたずねました。

「まあ、決まってるじゃない！　あの**ビングリーさん**が来るからですよ！」

ママは、どうしてそんなことがわからないのか、といった調子で、さけびました。

ビングリーさんは、最近ベネット家の近所のおやしきを気に入って、別荘として買った独身の青年です。

「あの人、**年収五千ポンド**だってうわさよ！　うちの倍以上の収入よ！　今夜、むすめのだれかを気に入ってくださるといいけど。ルーカス家に先をこされないようにしなくちゃね！」

ルーカス家にはリジーの友だち、**シャーロット**がいますが、こちらも独身です。

パパは、とぼけた顔でいいました。

「ではビングリーさんに、どのむすめでもよろこんでさしあげますっていおうかね。リジーはとくにおすすめですとね」

パパは読書家で、さわがしいのが苦手。

かしこくてはっきり意見をいうリジーが、大のお気に入りです。

「あなたはいつもリジーをひいきにするけど、いちばんきれいなのは長女のジェインだし、かわいいのは末っ子のリディアじゃない。

ああ！　ビングリーさんとだれか結婚してほしいわ!!」

ママが、天井にひびきわたるような声でさけびました。

「またママの『だれか結婚！』がはじまったわ」

リジーは、うんざりしました。

「あら、わたしは早く結婚したいわ。お姉さまよりも先に結婚しちゃうかもよ！」

末っ子のリディアは、ママにいちばんかわいがられているので、いつも自信たっぷりです。

ママは、大きくうなずいていいました。

「そのいきよ、リディア！　あの、いまいましいきまりがあるんですからね。なにがなんでもお金持ちと結婚しないと！」

そのきまりとは、このころのイギリスにあった**限嗣相続制**というふるい制度です。父親が亡くなるとその財産をむすめはもらえない、息子あるいは親せきの男性しか、受けつげないというものでした。

それなのに上流階級の女の人には自立できる仕事があまりなく、結婚しなければ、生活できない人がほとんどでした。

（むすめが生活にこまらないように、お金持ちと結婚してほしいって、ママが思うのはわかるけど、必死すぎてはずかしいわ。……でも、舞踏会は楽しみだわ！　すてきな人と出会えるといいな）

リジーだって、結婚はしたいのです。とはいうものの、お金だけが目当ての、好きでもない人との結婚なんて、いやでした。


夜になりました。

みんな着かざって、町はずれの会場の館に馬車であつまりました。リジーたちも舞踏会用のドレスを着て、結いあげた髪には花をかざり、思いきりおしゃれをしています。

広間では楽団が楽しい曲を演奏し、それに合わせて男女が手を取りあってダンスをしています。たくさんのお酒やごちそうも、部屋のあちこちに用意してありました。

おしゃべりしていると、ビングリーさんがあらわれました。

（まあ、とてもハンサムだわ！）

あつまっているみんなに笑顔であいさつしながら、ビングリーさんは友だちをつれてやってきました。

（にこにこしていて、感じがいい方ね。でもごいっしょのお友だちのほうが、もっとかっこいいかも！）

リジーはビングリーさんのとなりにいるその人に、引きつけられました。ハンサムなうえに背が高く、上等の服をぴしっと着ていて、とてもりっぱだったのです。

「あの方、**ダーシーさん**っていって**年収一万ポンド**ですって！　ダービシャー地方にあるおやしきは、とてもきれいですばらしいそうよ！」

さっそくママが耳打ちしました。

「もう、ママったら。聞こえたら失礼よ」

ダンスがはじまりました。おどる女の人のドレスのすそがひらりとひろがって、いっせいに花がさいたようです。

ビングリーさんはお姉さんのジェインにダンスを申しこみ、なんどもいっしょにおどりました。

「見て！　ビングリーさんはジェインが気に入ったようよ！」

ママは大よろこびです。

しかしダーシーさんのほうはむすっとだまったまま、だれともおどろうとしません。

「ダーシー。こんなにたくさんの美人がいるというのに、どうしておどらないんだい？」

ビングリーさんがとうとういいました。

「ダンスは苦手だ。それに、一番の美人、ジェイン・ベネットさんはきみが相手をしているじゃないか」

リジーの近くに立っているダーシーさんが、そうこたえるのが聞こえました。

(やっぱりね。ジェインは、だれよりもきれいだもの)

「すぐそこにいる彼女の妹さんもすてきじゃないか。ダンスのパートナーになってもらったらどうだい？」

リジーはどきっとして、背すじをぴんとのばしました。

「まあ、悪くないけど、心が動くほどの魅力はないね」

そっけなくダーシーさんがいいました。

（……まあ、なんて、感じの悪い人かしら！　いっしゅんでもかっこいいなんて思ったのはまちがいだったわ！）

リジーはいすから立ちあがると、つんとすまして胸をはり、わざとダーシーさんの前を通って、その場をはなれました。

舞踏会がおわったあとも、ママは大こうふんでした。

「ビングリーさんはジェインのことをきっと好きになってくださったわ!! ハンサムで気取らなくて、なんてすばらしい方！ それにくらべダーシーさんときたら。リジーがあんないばった男に好かれなくったって、なんにもこまりやしないわ！」

リジーも、まったくそのとおりだと思いました。

ジェインのほうは、ビングリーさんに夢中でした。

「本当に感じのいい方だったわ。知的で明るくて活発で、それに品がよくて。なにひとつ悪いところがない方よ」

寝る時間になっても、ベッドの上でずっとビングリーさんのことを話しています。

「姉さんは人がいいから！ だれもがいい人で、悪いところがないっていうんだもの。でもあのビングリーさんだったら、いいわ。姉さんが好きになるのをゆるしてあげる」

「まあ。リジーったら」

ジェインは顔を赤くしてわらいました。

（わたしの大好きな姉さん……。ビングリーさんなら、姉さんにおにあいだわ！　ふたりはきっとうまくいく。わたしもそんな人に出会えるといいのに）

するとぱっとうかんだのが、ダーシーさんの顔でした。

――まあ、悪くないけど、心が動くほどの魅力はないね。

リジーは、くちびるをぎゅっとかみしめました。

（なんであの人を思いだしたんだろ！　あのプライドが高い、人を見くだした態度！　頭に来るわ！　もう、大きらい！）

おおいにリジーを怒らせているダーシーさんなのですが。

じつは、リジーが気がついていないことがありました。

ダーシーさんはダンスをことわったあと、自分の前をとおりすぎたリジーをよく見て、はっとしました。

（……なんてきれいな瞳なんだろう）

一度そう思うと、リジーから目がはなせません。

（それに活発で、いきいきしている。だれもがみとめる美人というわけではないが、知的で個性的な美しさがある。上流階級の令嬢にはめずらしい方だ）

ずっと、リジーが気になってたまりませんでした。

——まあ、悪くないけど、心が動くほどの魅力はないね。

（あんなことをいわなければよかった……）

後悔したものの、結局ダンスを申しこむことができないまま舞踏会がおわってしまったのでした。

（あんな人、二度と会いたくないわ）

リジーはそう思ってベッドにもぐりこみました。

（あの人に、また会いたい……）

ダーシーさんはそう思うと、ねむれませんでした。

その日も舞踏会でした。リジーは友だちのシャーロットと、会場のすみで話していました。
「シャーロット、ビングリーさんはジェインをどんどん好きになっているみたい。ジェインもそうなのよ」
「だったら、ジェインはひかえめすぎるわね。もっと好きだって気持ちを彼にはっきりつたえないと。相手をその気にさせなきゃ、結婚につながらないわよ」
「なにがなんでもお金持ちと結婚したいっていうんなら、そうかもしれないけど。ふたりは知りあって間もないし、まだ相手がどんな人か見きわめられないわ」

「夫婦なんて、いずれは合わないところがでてきて、いやになるものよ。あした結婚するのも一年後にするのも変わらないし、**どんな相手と結婚したっておなじこと。結婚ってそういうものよ**」

はっきりというシャーロットに、リジーはおどろきました。

「本気でいってるの？　そんな考えの結婚は……」

いいかけたとき、リジーはダーシーさんが、こちらを見ているのに気がつきました。

「おかしな人だわ。ダンスがきらいなはずなのに、あつまりにかならずあらわれる。だれともおどらず話さず、じっとこっちを見てるの。でも見つめかえすと、顔をそむけるのよ」

「リジーのことが好きなんじゃないの？」

「まさか！　いつもむっとしたむずかしい顔よ」

「恋になやんでいらっしゃるのかもよ」

「ええ?!　あの人が？」

　リジーが笑いだしたとき、

「……失礼、おどっていただけませんか」

　いつのまにか近くに来ていたダーシーさんが、ダンスを申しこんできました。

　リジーはびっくりしました。

「ええと、あの……」

ことわろうとすると、シャーロットが小声でいいました。

「……年収一万ポンドの方を、これ以上無視するのはよくないわよ。お受けしたら？」

「え、そ、そんな……」

ことわりきれなくて、おどることになってしまいました。

楽団が明るい音楽を演奏しはじめました。

舞踏会でのダンスは、相手とふたりだけで話せる、貴重なチャンスタイムです。なのでみんな、目当ての相手とおどるときは、なかよくなるためにいろいろ話しかけます。

しかしダーシーさんは、むずかしい顔つきで、ひたすらまじめにおどっています。

とうとうリジーから話しかけました。

「ダーシーさんって、人が笑えるようなところがぜんぜんないんですね」

するとダーシーさんは、さらにまじめにこたえました。

「どんな人間でも、そういう部分がゼロということはないでしょう。しかし、ぼくは人からつけこまれるような弱点をなくそうと、日々努力しています」

（うわあ、めんどくさい人かも！）

リジーはあきれて、今度はからかってみたくなりました。

「では**高すぎるプライド**が、あなたの弱点かしら？」

「プライドは弱点ではないでしょう。すぐれた人格なら、プライドもコントロールできるのでは？」

むっとしたように、ダーシーさんはこたえました。

（あきれた！　プライドのかたまりみたいなあなたがそれをいう？）

「まあ、そうですか。あなたの弱点はまわりのみんなを、よく知りもしないのに見さげるところかも」

「なら、あなたの弱点は」

ダーシーさんが、リジーを見つめていいました。

「人のいうことを、まっすぐに受けとらないところですね。あなたという人は**偏見のかたまりだ**」

「なんですって!?」

ダンスがおわるなり、リジーはダーシーさんから、大いそぎではなれました。

(やっぱり感じの悪い人! あんな人がわたしのことを好きだなんて、シャーロットったらまちがいもいいところ! ビングリーさんの友だちでなければ、口もききたくないわ)

もう、がっかりです。

(舞踏会に来ても、すてきな出会いなんて、ぜんぜんないんだから。あーあ)

そんなある日のこと。

「今日からしばらくお客さまがうちに滞在されるぞ」

パパが、リジーたちにいいました。

「おまえたちのいとこにあたる**コリンズ神父**だ」

「コリンズ神父って、あの？　うちの財産を持っていくにくらしい男のことね！　うちになにしに来るっていうの!?」

ママが、名前を聞いただけで怒りだしました。

「彼がわが家にいちばん近い男性の親せきだからな。たしかにわたしが死んだら、家の財産は彼のものだ。だが彼はこう希望している。ベネット家のむすめのだれかを妻にしたいとね。そうしたら財産をひとりじめして全員を追いだすよりかは、良心が痛まないそうだ」

コリンズ神父からの、長い手紙を見せながら、パパはいいました。

「ご本人は慈悲深い人間のつもりだが、うちのむすめが美人ぞろいなのを、聞いてのことだろうさ」

しかしパパの皮肉はママには通じません。

「まあ、コリンズ神父と結婚さえすれば、だれかがこの家の財産を受けつげるんじゃない！　とてもいいお話じゃないの！」

いっしゅんでごきげんになって、さけびました。


（なんだか、いやーな感じだわ）

あらわれたコリンズ神父は、まだ若いのですが、背が低く、顔つきが老けてみえました。

話しかたはていねいなのですが、ときどき値ぶみするように家のなかや、リジーたちをじろじろ見たりします。

そのうえ、夕食の席でも話すのは「**尊敬するレディ・キャサリン**」のことばかりでした。

コリンズ神父は、貴族の**キャサリン・ド・バーグ夫人**のおかげで教会の神父になれ、家も手に入れ、よい生活ができるようになったといいました。

「レディ・キャサリンは本当にご親切です。つぎは早くふさわしい相手と結婚なさいと、いってくださったのです」

(貴族と親しいのが得意でたまらないのね。ぜんぜん神父さまって感じじゃないわ。それに、結婚までレディ・キャサリンのいいなり

だなんて）

「おひとり、おじょうさまがいらっしゃるのですが、その気品がすばらしいのです！　それにレディ・キャサリンのおやしきのりっぱなことといったら……」

リジーはジェインと顔を見あわせて、肩をすくめました。

キティやリディアも、くどい話にたいくつして、あくびをかみころしています。メアリは勉強にしか興味がないので、はじめからコリンズ神父を見てもいませんでした。

（本当にうれしくないお客さまだわ。一日でも早く家に帰ってくれないかな……）

そう思って、大きなためいきをつきました。

コリンズ神父は、いっこうにベネット家を去ってくれません。

そのうえ、舞踏会までいっしょに行くことになってしまいました。

「**リジー、わたしとダンスをおどってください**」

会場で、コリンズ神父は、笑顔で申しこんできました。

(ええっ、わたし!?)

すごくいやな予感がしました。

じつはリジーの知らないあいだに、ママとコリンズ神父は、こんな会話をしていました。

「長女のジェインさんは、とても美しくてしとやかですね。よろしければ、ジェインさんに結婚を申しこみたいのですが」

「まあ、それはざんねんですわ。ジェインはお金持ちの青年と近いうちに婚約する予定ですの」

ママはビングリーさんとジェインが、結婚するものと決めこんでいました。しかし、それを聞いてもコリンズ神父は、そんなにがっかりしませんでした。

「そうですか！　でしたらつぎに美しいおじょうさん、エリザベスさんはどうでしょうか」

「リジーなら、なんの約束もありませんし、いいと思いますわ」

というわけで、コリンズ神父はリジーにプロポーズする気まんまんだったのです。

そんなことは知らないリジーです。

しぶしぶいっしょにおどりましたが、コリンズ神父はダンスがとても下手でした。

ふりをまちがって、人にぶつかったり、リジーの足をふんだりしました。そのうえ、合間合間に顔を寄せ、

「あなたに夢中です！」「あなたともっと親しくなりたいのです！」

などというので、たまりません。

やっとダンスがおわったと思ったら、コリンズ神父は大声をあげました。

「ああ！　あのお方は！　ダーシーさん！　レディ・キャサリンの

甥御さんにここでお目にかかれるとは！」

見ると、ダーシーさんがワインを片手に壁ぎわに立っていました。むこうでおどっているビングリーさんとジェインをながめているようです。

ビングリーさんは、瞳をかがやかせてうっとりと、ジェインを見つめていました。

（ビングリーさんはまちがいなくジェインに夢中ね。よかったわね、姉さん……）

リジーはふたりをほほえましく思いながら、コリンズ神父にいいました。

「ダーシーさんは、レディ・キャサリンの親せきだったんですか」

「ごぞんじなかったのですか？　なんというぐうぜん！　さっそくごあいさつに行かなければ！」

（ええ？　初対面なのに、こちらより身分の高い方に、いきなり声をかけるなんてマナー違反よ！）

リジーたち一家も上流階級ではありますが、貴族の親せきがいるような名家のダーシーさんとは、家柄がちがいます。

リジーはとめようとしましたが、コリンズ神父は無視して行ってしまいました。そしてくどくどと、ダーシーさんに長いあいさつをしました。

（いやだ、ダーシーさんがあきれた顔をしているわ。あんな人がいとこだなんて、はずかしいったら……）

このあいだ、えらそうなことをいった手前、リジーはダーシーさんに、見くびられたくありませんでした。

ところがその日は、まずいことがつづきました。

リディアが、びっくりするような下品な大声で笑って、注目をあびたかと思うと、メアリがまったく舞踏会に合わない陰気な曲を歌って場をもりさげます。

ママはママで、大声でしゃべりつづけました。

「ジェインが年収五千ポンドの人と結婚できたらもう最高！　下のむすめたちも、お金持ちと出会うチャンスがふえるわ！」

ダーシーさんはとてもふゆかいそうに、その話を聞いていました。

（なんて日なの。家族そろって恥をかく大会みたい。コリンズさんには求愛されちゃうし。もうさんざんだわ！）

しかしもっとたいへんなことが、翌日、起こったのです。

「エリザベスさんと、ふたりだけでお話をさせていただけますでしようか」

朝食のあと、コリンズ神父が、とつぜんそういいました。

「まあ、もちろんですわ。みんないらっしゃい！」

さっそくジェインや妹たちをつれて、居間から出ていこうとするママを、リジーは引きとめました。

「み、みんな、ここにいて！　ふたりにしないで」

「なにをいうの、リジー。ちゃんとコリンズさんとお話をしなさい」

パパもしぶい顔で、ママと出ていってしまいました。

ふたりだけになると、コリンズ神父は、笑顔でいいました。

「美しいリジー、わたしの気持ちには気がついていますよね？」

つづいて、リジーのおそれていたとおりの言葉が、出ました。

「どうか、わたしの妻になってください」

（あああ……うそ……）

「レディ・キャサリンはおっしゃいました。ちゃんとした家の、元気ではたらき者のむすめさんをえらびなさいと。わたしは尊敬する方のその言葉にしたがいます。それに、この家をつぐわたしと結婚すれば、あなたも財産をうしなわずにすむ。**これはわたしの思いやりです**」

（なんてひどいことをいうのかしら！　こんな人と結婚なんてありえないわ！）

「まあ、ありがとうございます。とても光栄です」

いちおうお礼をいいましたが、それは礼儀というものです。

「でも、おことわりするしかありませんわ」

きっぱりいいました。

しかしコリンズ神父は、笑顔のままです。

「ははは。若い女性がはじらって、受けいれるつもりでも、まずはおことわりになるのは、よくあることですね。わかりますよ」

「はじらってなどおりません。本気でおことわりしてるんです。レディ・キャサリンもわたしを見たらきっと反対されますわ。だって、なにもかも合わないんですもの」

「ああ、そこが心配なんですね！　ご安心ください。レディ・キャサリンにはあなたのことをほめあげておきますよ」

「お願いですから、そのまま話を受けとってください。**わたしはおことわりしてるんです！**」

リジーは必死でさけびました。

するとコリンズ神父は、首をかしげました。

「あなたにとってこんな有利な条件の結婚をことわるなんて、本気とは思えないですね。ははあ、わかった。じらしてわたしの恋心をかきたてる作戦ですね？」

「ちがいます！　本心からおことわりしてるんです！」

悲鳴をあげそうになりました。

「照れ屋さんですね。なんてかわいい方だ。お父さまとお母さまに、結婚の許可をいただきにまいりましょうね」

リジーは気が遠くなりそうでした。

（話が通じなすぎるわ……。パパにことわってもらおう）

リジーはパパとママに、「心の底からコリンズ神父と結婚したくない！」とつたえました。

「あの人と結婚すれば、このやしきも土地も手ばなさずにすむというのに！　この先どんな生活になっても知らないわよ！」

ママはかんかんに怒っていましたが、パパはリジーの気持ちをわかってくれました。

「おまえがあの男と結婚するのは、わたしもごめんだ」

「ありがとう、パパ！」

パパと話して、コリンズ神父は本当にことわられたのだと知ると、むっつりとだまりこみ、いっさい口をきかなくなりました。

リジーはほっとしました。

（ああ、とんでもない一日だったわ。でも、コリンズさんとの結婚をことわれてよかった……）

つぎの日。コリンズ神父は朝から家を出て、近所のルーカス家に出かけていきました

(顔を合わすと気まずいから、いないほうがいいし。話し上手のシャーロットが相手をしてくれて助かるわ)

ところがです。夕方に帰ってきたコリンズ神父が、みなにいいました。

「わたしはさきほどシャーロット・ルーカスさんにプロポーズしました。彼女もそれを受けてくださいました」

みんな、びっくりして、声も出ません。

（信じられない。シャーロットが本当にこの人と結婚？）

リジーはすぐにシャーロットにたしかめに行きました。

「本気なの？　本当にコリンズさんと結婚するの!?」

「本当よ。地位や財産を考えると、彼はわたしにとってはいい結婚相手だわ。わたしはあなたよりずいぶん年上だし、きれいじゃない。それに両親もいいお話だとよろこんでいるわ」

シャーロットははっきりとこたえました。

「それでいいの？」

「わたしはロマンチックじゃないわ。安定した生活が手に入ればそれでいいのよ。いったでしょう？　結婚なんてだれとしてもおなじだって。まよいはないわ」

「シャーロット。そんなの……」

「ひとつだけ気になったのはリジー、あなたのこと。あなたとはこの先も友だちでいたいのよ」

リジーは、もうなにもいえなくなりました。

（シャーロットはまちがってる。お金のためだけに、あんな人といっしょになるなんて！）

どうしても、気持ちがしずむリジーでした。

「リジー！　メリトンの叔母さまから招待されたわ！」

家に帰ったら、リディアとキティがかけよってきました。

「家に国民軍の士官たちを呼んで食事会をするんですって！」

「ああ、そういえばメリトンには国民軍の連隊が、やってきていたわね」

「士官となかよくなれるチャンスよ！　それにあの**ウイッカムさん**も来るんですって！」

「わあっ！　あした、なにを着ていこうかな!?」

リジーは、もりあがるリディアとキティにたずねました。

「ウイッカムさんってどなた？」

「知らないの？　連隊でいちばんかっこいいってうわさの士官なのよ！」

「ふうん……」

つぎの日、リジーたちは叔母の家に行きました。

家には、招待された人たちにまじって、軍服の若い士官たちがたくさんいました。

リディアとキティはさっそく士官たちと話しはじめました。

「……ウイッカムさんが来たわ」

だれかの声がしました。

ふりむいたとき、目に飛びこんできた士官のすがたに、リジーははっとしました。

きれいな顔立ちで、すっきりとスタイルがよく、赤い上着に黒いパンツの軍服がだれよりもにあっていました。それに、顔をくしゃくしゃにして笑うと、少年みたいでとてもかわいらしいのです。

みんながウイッカムさんをうっとりとながめています。

(彼だけ、かがやいて見えるわ)

ウイッカムさんと目が合いました。

「やあ、こんにちは。あなたがエリザベスさんですね。妹さんたちに教えてもらいましたよ。きれいなお姉さんだって」

笑いながら、そばにやってきました。

「妹さんは元気でにぎやかですね。楽しい子たちだ」

そういってさりげなくリジーのとなりにすわりました。

リジーはどきどきして、すぐに返事ができませんでした。

「雨になるかなあ。ぼくは雨がきらいなんです」

ウイッカムさんがちょっと窓のほうを見ていいました。

「でも、雨も悪くないと思うのは、雨にけむって女性がきれいに見えるときですね」

「まあ。わたしも雨はきらいなんですけど、きれいに見えるんだったら、好きになりそうです」

「あなたは雨の力をかりなくてもいいんだから、はっきり雨にきらいっていってやったらいい」

お天気のことだけでも、話がはずみます。

リディアたちが、それをうらやましそうに見ています。

(楽しい人！　このまま、ずっと話していたいわ！)

ずっと笑顔だったウイッカムさんが、ふいにまじめな顔になり、話題を変えました。

「ダーシーさんは、ビングリーさんのおやしきにどのぐらい滞在しているんでしょうか」

「**ダーシーさん？**」

とつぜん出てきたその名前に、おどろきました。

「さあ、一か月ぐらいいらっしゃるでしょうか。でも、よく知りません。親しくもないですし。ウイッカムさんはお知りあいなんですか？」

「じつは……ぼくの父は、亡くなったダーシーさんのお父さまに執事としてつかえていました。小さいときはダーシーさんと、妹さんといっしょによく遊びましたよ」

「え、そうなんですか？　では今も仲がいいのですか？」

「ざんねんですが、今は気まずくて。いや、ぼくのほうはそれほどではない。彼がぼくに対して、会いにくいでしょうね」

「どういうことですの？」

「……いやな話ですが、あなただから話しますよ」

リジーは思わず身を乗りだしました。

「ダーシーさんのお父さまは、亡くなるときにぼくに財産をのこしてくださいました。実の子のように、ぼくのことをかわいがってくださっていたのです。**でも彼はそれを無視し、お父さまの遺言をないことにしたのです。**それでぼくは生活にこまって士官の道をえらんだのですよ」

「な、なんですって？　どうしてそんなひどいことを？」

ウイッカムさんは、長いまつげをふせて、悲しそうにうつむきました。

「ぼくがあまりにお父さまに大事にされたので、やきもちをやいたのだと思います。**ダーシーさんも妹さんも、いじわるですよ。高い家名をほこりにして、人を見くだすのです**」

「なんてこと。もっと彼に怒ってもよろしいのに！」

「いいんですよ。ゆたかでなくても毎日が楽しいんですから」

ウイッカムさんは、にこっと笑いました。

「こうしてあなたとも親しくお話しできましたし」

リジーは、ウイッカムさんにすっかり同情しました。

帰ってからも、なんどもウイッカムさんのことを考えました。

（ウイッカムさんはえらいわ。ひどいめにあったのに、ダーシーさんをせめないで、明るくしている。すてきな人だわ）

そのぶん、ダーシーさんへの怒りは大きくなりました。

（ウイッカムさんをひどいめにあわせて！　やっぱりいじわるでひどい人だわ！）

そんなときに、さらに腹だたしいことが起こりました。

とつぜん、ビングリーさんがやしきを出て、ロンドンに行ってしまったのです。

「きっと、用がすんだらすぐに帰ってらっしゃるわ」

リジーはジェインをはげましましたが、ビングリーさんからの連絡はまったく来なくなりました。

それどころか、とんでもないうわさ話を聞いたのです。

「ダーシーさんが話しているのを聞いたっていう人がいるんだけど。彼の友だちがまちがった結婚をしようとしていたので、反対して思いとどまらせたって。**ダーシーさんが結婚をとめたその友だちって、ビングリーさんのことじゃない？**」

パーティで会った人からそう聞いて、リジーはがくぜんとしました。

「うそでしょう……。**じゃあ、ダーシーさんがビングリーさんとジェインの恋をじゃましたってこと？**　それでビングリーさんは急にロンドンに行ってしまったの!?」

（ウイッカムさんの話どおりね！　あの人はひどくいじわるなんだ！　友だちが幸せになるのをねたんだのね、きっと！）

すぐにその話をジェインにしました。

「悪いのはダーシーさんだったのよ！　ビングリーさんが心変わりをしたんじゃないわ！」

しかしジェインはリジーにいいました。

「そのうわさは本当かしら？　親友の恋をわざわざじゃまする人な

んて、いるとは思えない」

「ジェインったら！　あなた、人がよすぎるわ！」

「ビングリーさんに好かれているなんて思ったのはうぬぼれだったのよ。ママがいうのを本気にしちゃったのね！　でももうだいじょうぶ。みんなわすれてしまうことにするわ」

ジェインはさみしそうにほほえみました。

なぐさめる言葉もありませんでした。

（どう考えてもゆるせない！　ゆるせない人だわ！）

ダーシーさんへの怒りが、爆発寸前までふくれあがっている、まさにその日のことでした。

リジーはひとりで家にいました。

家族で出かける予定だったのですが、ジェインが受けたひどいしうちのことを考えると気分が悪くて、とてもそんな気になれなかったので、ひとりで家で休むことにしたのです。

外では、夏の通り雨がふっています。

雨音を聞きながら居間でぼんやりしていると、召し使いがやってきました。

「おじょうさまにお客さまです」

「わたしに？　どなたかしら」

召し使いのうしろからあらわれたのは、びしょぬれ姿のダーシーさんでした。

「**まあ、ダーシーさん！**」

リジーはおどろきすぎて、それ以上なにもいえません。

「……あなたが具合を悪くしていると聞いて、とても心配で」

ダーシーさんがぼそぼそと、小さい声でいいました。

（よくもそんな！　いじわるをしに来たんじゃないの？）

「少し休んだら、もうよくなりましたわ。ご心配なく」

つっけんどんにこたえました。

「そうですか」

ダーシーさんが、じっとリジーを見つめました。そしてまただまりました。ぽたぽたとぬれたシャツや髪から水滴が落ちています。

（この人、いったい、なにをしに来たのかしら？）

リジーは、わけがわからなくなりました。

そのあと、ダーシーさんは、だまって部屋じゅうをうろうろと歩きまわりました。いっこうに帰ろうともしません。

（どういうつもりなのかしら？）

あきれていると、ダーシーさんが急にリジーに近づいてきて、いいました。

「もうおさえられません。**あなたを愛しています**」

（え？　今、なんて？）

リジーは、首をかしげました。

（愛とか聞こえた気がするけど。耳がヘンになったのかも？）

「あなたを愛しているのです。はじめて会ったときからずっと」

（え、えええーっ！）

さけぶのをこらえました。

（うそ！　そんな、まさか！　きっとじょうだんよね？）

しかし、ダーシーさんの目は、真剣でした。

「なかなか、あなたにこの気持ちをつたえられなかったのには理由があります」

リジーはいちおう話を聞こうと思い、すわりなおしました。

「あなた自身はともかく……こんなにも**家柄が下**で、**品のよくない家の者**と結婚なんて、**親せきは大反対**するでしょう。ぼくも**立場が**

悪くなります。だから気持ちをおさえていました」

（……あれ？　これってプロポーズよね？　なんだか悪口にしか聞こえないんだけど）

「でも、もうがまんも限界です。どうかこの苦しみから救ってください。**エリザベスさん、結婚してください！**」

　そういうダーシーさんは自信たっぷりで、ことわられることなどあるわけがないという顔つきに見えました。

（……信じられない！　なんて、ひどいプロポーズなの！）

「……あなたを苦しめてごめんなさい。**でもわたし、お受けできません**」

　えっ？　と、ダーシーさんがかたまりました。

「結婚しないんですから、もう家柄のちがいで苦しむこともないですよ。ほら、苦しみから救ってあげましたわ。すぐにわたしのこともわすれますよ！」

切りすてるように、冷たくいいはなちました。

ダーシーさんは、むうっと怒って聞きかえしました。

「ことわるにしても、なぜそんな失礼ないいかたをされるのですか」

「失礼なのはあなたでしょ！　わたしの家を見くだし、ばかにしたんですから！　こんなひどいプロポーズってある？」

「ぼくはうそをつけない人間です。家柄についてなやんだのは本当ですから」

「あなたをきらいなのはそれだけじゃありません。あなたはジェインとビングリーさんの幸せをこわしたんですから」

するとダーシーさんの顔色が、さっと青くなりました。

「ビングリーをジェインさんから遠ざけたのは、彼のためだと思ったからです。ジェインさんはそれほどビングリーのことを好きだったのですか?」

「とぼけないで! 幸せをねたんでやったことでしょう? 本当にいやな人! ウイッカムさんからもあなたがどんな人か聞きました! あんないい人を不幸にして!」

するとダーシーさんは、かっとなりました。

「あなたは、ずいぶんウイッカムを好きなんですね!」

「気のどくだと思っているんです! ウイッカムさんが受けとる財

産をあなたが取りあげてしまったんですものね！」

「あなたが、そんなふうにぼくのことを見ていたとは！　それが真実だったらぼくは大悪人だ！」

ダーシーさんはリジーをにらみつけました。

リジーもダーシーさんをにらみかえしました。

「ダーシーさん。最初に会ったときから、あなたのプライドがやたら高い、ごうまんな態度がきらいでした。そして今は……」

「今は？」

「あなたとだけは結婚したくないわ！　ぜったいに！」

「……もうじゅうぶんです。よくわかりました」

ダーシーさんは、リジーから目をそむけました。

「おじゃまいたしました。さようなら」

そういって早足で、家を出ていきました。


その夜、リジーはずっと、考えこんでいました。

(ダーシーさんがわたしのことをはじめて会ったときから好きだったなんて……)

舞踏会にあらわれては、リジーを見つめていたダーシーさんのことを思いだしました。

――リジーのことが好きなんじゃないの?

——まさか!　いつもむっとしたむずかしい顔よ。

——恋になやんでいらっしゃるのかもよ。

前に、シャーロットとした会話もよみがえります。

(失礼ないいかただから腹がたったけれど、あの方の家柄と、うちとがつりあわないのは本当のことだし。まさか、そのことでずっとなやんでいらしたなんて)

きびしくことわったものの、後味はよくありません。

(でも、ビングリーさんやジェインや、ウイッカムさんをひどい目にあわせた、あの人を好きにはなれないわ!　絶対に!)

翌朝は、いつもよりずっと早く目がさめました。

お天気はよさそうですが、気は晴れません。

(朝の空気をすったら、気分がよくなるかも)

リジーは、朝ごはんの前に散歩にでかけました。

庭に出ていくと、男の人が木の下にたたずんでいるのに気がつきました。

それがだれだかすぐにわかり、どきりとしました。

「エリザベスさん。あなたにお会いできないかと、待っていました。どうか、これを読んでいただけませんか」

ダーシーさんは手紙をリジーにわたすと、礼儀正しく頭をさげて、行ってしまいました。

リジーはその場で、ふうとうをあけました。

びんせんには、細かい字でびっしりと文章が書いてありました。日付けは今朝です。

（……ダーシーさんは、寝ずにこの手紙を書いたのかしら）

リジーは歩きながら、その長い手紙を読みはじめました。

最初は、とつぜんのプロポーズでおどろかせたことをあやまる言葉と、ことわられたのにまた申しこむようなことはしないので心配しないでくださいと書いてありました。

『この手紙を書いたのは、本当のことを知っていただくためです。ひとつはジェインさんとビングリーのことです。

ぼくはジェインさんの態度を見ていて、ビングリーを愛してはいないと思いました。それで彼に、ジェインさんにプロポーズしても恥をかくだけで、むだだといいました。

親友のビングリーが傷つくのをとめたかっただけで、けしてジェインさんを苦しめるつもりなどなかったのです』

（たしかにジェインはひかえめで、自分の気持ちをはっきりとあらわすのが苦手だけど……）

『それに失礼ですが、あなたのお母さまの態度も、彼が結婚する相手の家族としてはあまりにも無礼だと思いました。妹さんたちやいとこの方の態度にも感心しませんでした』

――ジェインが年収五千ポンドの人と結婚できたらもう最高！下のむすめたちも、お金持ちと出会うチャンスがふえるわ！

ママが舞踏会でいったことを思いだしました。

（そうだった。ママだけじゃなく、本当にリディアもメアリもコリンズさんも、あの日ひどい態度だったわ……）

ダーシーさんへの怒りの炎が、小さくなってしまいそうでした。

（いいえ！　ジェインのことはともかくウイッカムさんのことは、ゆるせないわ）

気を取りなおしてつづきを読みました。

『もうひとつはウイッカムのことです。ここからはわが家であったくわしいことを説明するしかありません』

手紙をおわりまで読んで、リジーは胸をどんとつかれたような、ショックを受けました。

（これは本当のことなの!?　信じられない！）

6 わかった本当のこと

ダーシーさんの手紙は、ウイッカムさんに聞いた話とかなりちがっていました。

『ウイッカムとはいっしょにそだちました。父は彼をかわいがって、大学にも通わせてやりました。しかし彼は父にかくれて、勉強もせず悪い遊びをするようになりました。

父の死後、ぼくは遺言どおりのお金をわたしましたが彼はすぐにそれを遊びで使いはたしました。

そしてまたぼくにお金をくれといってきました。ぼくがそれをことわると、彼はとんでもないことを計画しました。

ぼくには十才も年下の妹ジョージアナがいます。彼は妹にぐうぜんをよそおって近づきました。そして恋におちたふりをして、かけおちしようと妹にもちかけたのです。

目的はジョージアナに、ぼくがあたえた多くの財産です。

そのときまだ十五才で、素直でうたがうことを知らなかった妹は、彼を信じました。しかし妹は、ぼくをうらぎることができず、すべてを話してくれました。

ウイッカムはすべてがばれたあと、姿を消しました。ぼくは彼が士官をしていたことも知りませんでした。

この話を証人に聞いていただいてもけっこうです。しかし、妹の名誉のために、できるだけ口外しないでいただければ幸いです』

リジーは手紙を何度も読みかえしました。

ひとりで受けとめるには、重すぎる内容です。

たまらずにジェインにだけは、だれにもいわないでねと念を押してから、手紙の中身をうちあけました。

「ジェイン、ダーシーさんの話は本当かしら？」

「じつはウイッカムさんのよくないうわさを聞いたわ。ばくち好きで、あちこちに借金があるそうなの。女の人とも悪いうわさがたくさんあるみたい」

「そんな……」

(ウイッカムさんはわたしを信じて、本心を教えてくれたと思ったのに。みんなうそだったの!?)

ひどくショックでした。

「家名を大事に思うダーシーさんとしては、妹さんの話はかくしておきたかったでしょう。でもリジー、あなただけには、本当のことを知ってもらいたかったのね」

ジェインが、さとすようにいいました。

(……よく考えたらウイッカムさんのこと、なにも知らない。それにはじめて会ったわたしにいきなり過去の重大な話をしたり、親しい人の悪口をいったりするのもおかしいかも……)

そう気がつくと、自分のやってきたことが、まちがいだらけだったと思いました。

（なんておろかだったのかしら……。人気者のウイッカムさんが、わたしにだけうちあけ話をしてくれたと、うぬぼれてとくいになっていたなんて）

「ダーシーさんをごうまんでいじわるでいやな人だとばかり思っていた。わたし、偏見のかたまりだって、前にダーシーさんにいわれて怒ったけど、そのとおりだったわ。偏見のせいで、大事なことを見やぶれなかったんだもの」

泣きだしたリジーの手を、ジェインはやさしくにぎりました。

「ウイッカムさんの連隊はブライトンの町に行くそうよ。もうこのことはわすれましょう」

「そうね。ええ、そうしましょう」


士官たちがいなくなると、町はしずかになりました。

リジーはほっとしていましたが、リディアはなかよくなった士官たちと遊びたくてしかたありません。

「ねえ、ブライトンに行っていいでしょ？　連隊長のおくさんがぜひ遊びに来てくださいってお手紙をくださったわ」

「まあ、ぜひ行ってらっしゃい！　ママも若いころは、士官の赤い軍服に夢中になったものよ！」

ママまでリディアといっしょになってはしゃいでいましたが、リジーはとても不安でした。

（リディアのことだから、毎日士官たちと遊びほうけるわ。ウイッカムさんに、悪い遊びにさそわれたりしないか心配だわ）

とめるのもきかず、リディアはさっさとブライトンにひとりで行ってしまいました。

「リジー、いっしょに北部に旅行に行かないかね」

そんなときにさそってくれたのは、ロンドンで商人をしている叔父のガードナーさんでした。

「まあ、旅行！　ぜひ行きたいわ！」

上流階級ではないけれど、品がよくおだやかでやさしい、ロンドンの叔父夫妻がリジーは大好きです。すぐにいっしょに旅に出ました。

有名な観光地をめぐって、毎日が楽しくすぎていきます。

傷ついたことも、おちこんだことも、きれいな景色やめずらしいものを見てまわっているうちに、少しずつうすれていきました。

旅も後半にさしかかったころ、叔父さんがいいました。

「せっかくだから**ダービシャー地方**も、ゆっくり見てまわろうか」

（ダービシャー。ダーシーさんのおやしきがある地方だわ）

「ああ、行きたいわ。昔住んだことがあるなつかしいところなの！ぜひ泊まりましょう！」

叔母さんがいい、ダービシャーの小さなホテルにしばらく泊まることになりました。

「すぐ近くに有名なおやしきとお庭があるのよ。リジー、見に行きましょうよ」

（その有名なおやしきって、ダーシーさんの家じゃない！）

リジーはあせりました。

この時代、有名なおやしきは観光地とみなされ、ガイドブックまで出ていました。ですから、そこの召し使いに申しでれば見学できたのです。

「だいじょうぶよ、リジー。あなたのきらいなご主人のダーシーさんは、今日はいらっしゃらないそうよ」

叔父さんも叔母さんも、リジーがダーシーさんにプロポーズされてことわったことも、手紙をもらったことも知りません。

「そ、そう。では行きましょうか……」

（……ダーシーさんがいないなら、いいかも。ダービシャーのおやしきはきれいだって有名で、見てみたかったし……）

馬車でやしきにむかいました。

「まだつかないのかしら？」

道にまよったのかとかんちがいするほど、広い地所でした。

「もうすぐよ。ほら」

叔母さんが指さすほうを見て息をのみました。

丘の上にどっしりと建っている、石でできたおやしきは、それは

りっぱで、すばらしいものでした。
やしきをとりまく緑の木々や、すんだ川や池、みずみずしい草原は自然をうまくいかした、広大な庭園でした。
リジーたちは、召し使いに案内してもらい、やしきのなかを見てまわりました。
（音楽室のピアノがすばらしいわ！　絵画の部屋もすてき。でも最高なのはこの窓から見えるお庭の景色だわ！）

どの部屋も天井が高くごうかなのですが、はですぎず趣味がよく、リジーを感心させました。

（本当に品がよいおやしきだわ……。ダーシーさんはこんなすてきなおやしきに生まれそだったのね……）

「ダーシーさまほど、よいご主人さまはいらっしゃいません。いばらずにだれにでもやさしく、みな尊敬しております。それにお妹さまをとても大事になさっておられます」

召し使いの女の人は、ほこらしげにいいました。

「では気むずかしい方ではないのですか？」

叔母さんがたずねました。

「ええ！　気むずかしいとうわさされるのは、ほかの若い方のようにおしゃべりではないからだと思いますわ」

ダーシーさんの顔がうかんできました。

――あなたを愛しています。

（あのときプロポーズを受けていれば、わたしは今ごろこのおやしきの女主人になっていたのかも……）

いっしゅんそんなことを考えて、リジーは顔を赤くしました。

（わたしったら！　なんてばかなことを考えてるの！）

「叔父さま叔母さま、もう帰りましょう！」

リジーたちがおやしきを出ようとしたそのときです。

「エリザベスさん？　いらしてたのですか！」

ダーシーさんが、やしきの前に立っていたのです！
「**ダ、ダーシーさん！　きょ、今日はお留守のはずでは**」
「予定を切りあげて一日早く帰ってきたのです。ダービシャーには
ご旅行で？」
「え、ええ。叔父たちといっしょに。あなたがいらっしゃるとは思
わなくて、その……」
気まずくて、それ以上いえなくなってしまいました。
「あ、あの失礼します……」
(ああ、はずかしい。留守のあいだに家を見にくるなんて、ずうず
うしいと思われたに決まってるわ！)
リジーが背中をむけたときでした。

「あなたの叔父さま叔母さまにごあいさつさせてください」

（え……）

叔父さんたちに、ダーシーさんはていねいに話しかけました。

「よくいらっしゃいました。やしきはもう見られましたか？　そうだ、せっかくですからこのあたりを案内しましょう！」

ホテルに帰ってからは、ダーシーさんの話でもちきりでした。

「ダーシーさんは、とても親切で礼儀正しい紳士じゃないか。わしを釣りにさそってくださったよ」

「そのうえ、おやしきにご招待してくださるなんて、本当におやさしくて！　あなたのいっていたごうまんで感じの悪いダーシーさんとおなじ方なの？　リジー」

口々にダーシーさんをほめる叔父さんと叔母さんにリジーは口ごもりました。

「べ、別人のようで、わたしもおどろいているの……」

ダーシーさんはそれは親切に三人に庭を案内してくれたあと、こういったのです。

「あした、予定がなければ、ぜひみなさんでやしきにいらしてください。ビングリーがやってきますよ。それに妹もぜひあなたに紹介したいんです」

思いもかけない、うれしい招待でした。

（あんなにひどいことをいったのに……。こんなに親切にしてくれるなんて……。召し使いがいっていたとおり、本当はすごくやさしい方なのかも……）

つぎの日、リジーたち三人がおやしきに行くと、ビングリーさんが笑顔でかけよってきました。

「お目にかかりたかったですよ！　ご家族のみなさんは……**お姉さまはお元気ですか？**」

「ええ、おかげさまで」

「**早くジェインさんにお会いしたいですよ！**」

（よかった！　ジェインが知ったらどんなによろこぶかしら！）

するとダーシーさんが声をかけてきました。

「妹のジョージアナを紹介させてください」

ダーシーさんのうしろに、そっと立っていたのは、すんだ目の、白い花のようにきれいな女の子でした。

「妹は人見知りなんです。でも、あなたには会いたいっていってたんですよ。そうだね？　ジョージアナ」

ダーシーさんが、妹にやさしく笑いかけました。

「エリザベスさんのことは兄からお話を聞いていました。お目にかかれてうれしいです」

そういうと、はずかしそうにダーシーさんのうしろにかくれるようにして、ほほえみました。

(かわいいおじょうさん！　ダーシーさんは妹さんがかわいくてたまらないし、ジョージアナさんもお兄さんを大好きみたいね。本当に、あのウイッカムにだまされてしまわなくてよかった！)

「妹はピアノや歌が上手なんです。いっしょに演奏してやってくださいませんか？」

「ええ、よろこんで」

リジーはジョージアナさんとかわるがわるピアノを弾き、歌いました。ダーシーさんもビングリーさんも、楽しそうにそれを聞いています。

叔父さんと叔母さんは、目くばせしあいました。

というのは、ピアノを弾くリジーにダーシーさんがうっとりと見とれていたり、ダーシーさんと目が合うと、ぱっと花がさいたようにリジーが笑ったりするからです。そのようすは、とてもおにあいでぴったりのふたりのように見えました。

楽しいときはあっという間に流れて、帰る時間になりました。

ダーシーさんはなごりおしそうに、いいました。

「エリザベスさん、なにも予定がなければ、ぜひあしたもやしきにいらしてください。ジョージアナがよろこびます」

「ええ、予定はありません。きっとおうかがいしますわ」

「では、あしたおむかえにあがります」

約束してホテルに帰りました。

(ダーシーさんがこんなに親切にしてくださるのは、どうしてかしら。ひょっとしたらまだ、少しはわたしのことを好きでいてくださるの？　それにビングリーさんのこともうれしいわ。ダーシーさんが、まちがいをみとめて、ジェインの気持ちをつたえてくださったのかしら？)

ビングリーさんは、かならずジェインに会いに、またベネット家に行くと約束してくれたのです。

(こんなに、なにもかもがすばらしい日はないわ!)

リジーはバラ色の夢を見ているような気分でねむりました。


つぎの朝もうきうきした気持ちで、目がさめました。

ダーシーさんのおやしきに行くまでに、まだ時間があります。リジーたちは、町の教会に行くことにしました。

ホテルの部屋を出ようとしたとき、メイドがやってきました。

「お手紙がまいりました」

手わたされたのはジェインからの手紙でした。

(よほどいそいで書いたみたいね。ジェインらしくないわ、宛先が

まちがっている。それでとどくのがおくれたのね)

「叔父さま叔母さま、わたし教会に行くのを失礼してジェインの手紙を読んでいいかしら？　いそぎの内容みたいなの」

「ああ、かまわないよ。一時間ほどでもどるからね」

叔父さんたちが出ていくと、リジーはすわって手紙を読みはじめました。

『愛するリジー。元気かしら？　きっと、毎日叔父さまたちと楽しくすごしているわね。でも、こちらではたいへんなことが起こったの。ブライトンにいるリディアがいなくなってしまったの』

「えっ！」

思いがけない内容に、つい手紙を取りおとしそうになりました。

『それもウイッカムさんといっしょに。ふたりはかけおちをしてしまったの』

手紙を持つ手がふるえだしました。

『リディアはなかよしの連隊長夫人に書きおきをのこしていたわ。

リディアは、ウイッカムさんとないしょで結婚して、

みんなをおどろかすつもりのようなの。

でもたぶんウイッカムさんは、結婚など考えていないわ。遊びでつれだされたのだと思うわ』

――わたしは早く結婚したいわ。

お姉さまよりも先に結婚しちゃうかもよ！

前にリディアがそういっていたのを思いだしました。

（きっと、すぐに結婚するってだまされたのね。かわいそうなリディア。ウイッカムさんにすてられたら、あの子はもうおしまいだわ）

上流階級の女の人が、かけおちをしたうえにその相手と結婚できないのは、たいへんなことです。

一生、悪い評判が消えず、ほかの人ともまず結婚できません。そのうえ、家族までも「とんでもないさわぎを起こした家の人間」とうわさされます。

だれからもつきあいをことわられ、そうなると**リジーたちもこの先、結婚できる見こみはありません。**

『ふたりはロンドンに逃げたんだけど、その先のゆくえがわからないの。パパはロンドンに行ったけれど、きっとさがす手立てもないわ。ママはなげき悲しんで寝こんでいます。お願いリジー、早くうちに帰ってきて』

読みおえて、リジーは、はじかれたように立ちあがりました。

「すぐにうちに帰らなくちゃ！　ああ、どうしよう！」

そのとたんにドアがひらき、ホテルのメイドがあらわれました。

「お客さまです」

案内されて部屋に入ってきたのはダーシーさんでした。

「ああ……、ダーシーさん……」

「エリザベスさん、おむかえにまいりました……。どうなさったのですか？」

リジーは自分が泣いているのに気がつきました。

「ご気分でも悪いのですか？　とにかく休んだほうがいい」

ダーシーさんはリジーをすわらせました。

「病気ではないのです。すぐにうちに帰らなくてはいけないんです。たいへんな知らせがとどいて……」

「なにがあったのですか？　教えてください」

ダーシーさんはリジーの手をぎゅっとにぎりました。

「……じつはリディアがかけおちしたのです。ウイッカムさんと……」

ダーシーさんの顔つきが、いきなりきびしくなりました。

「ウイッカムと!?　それでふたりのゆくえは？」

「ロンドンに行ったらしいのですが、その先はわからないのです。

リディアはウイッカムさんと結婚できると思ってかけおちしたようなんです。でも、財産もないリディアと、ウイッカムさんが結婚するわけがないわ。あの子はもうおしまいです……」

ダーシーさんは、だまってリジーを見つめていましたが、立ちあがりました。

「では今日はもうやしきに来られませんね。ぼくはここにいてもお

じゃまでしょうから失礼します」

そっけなくそういって、早足でホテルを出ていってしまいました。のこされたリジーはうちひしがれました。

(おしまいなのはリディアだけじゃない。わたしもだわ。きっとダーシーさんは、こんな不名誉な家のむすめなど、相手にしたくないと思われたのね)

二度とダーシーさんには会えないだろう。そう思うと胸が切りさかれるようでした。

(昨日は夢のような一日だった。夢が消えた今になって、**ダーシーさんのことを、こんなに好きだと気がつくなんて!**)

リジーは、テーブルにつっぷして泣きました。

8 リディアとジェイン、それぞれの結婚

そのあとすぐにリジーはロングボーンの家に帰り、叔父さんと叔母さんはロンドンに帰りました。

「リディアたちをロンドンじゅうさがしてみるよ」

叔父さんの言葉だけがたよりでした。

「ふたりが結婚してもどってくると信じましょう。ウイッカムさんはリディアを愛しているから、かけおちしたのよ」

ジェインはいいましたが、リジーにはそうは思えませんでした。

のろのろと日々がすぎましたが、いい知らせは来ませんでした。

ママは寝こんで、ベッドから起きあがれないままです。

（やっぱりもう、おしまいなんだわ……）

あきらめかけたころ、叔父さんから手紙がとどきました。

『友人に手伝ってもらって、ロンドンでリディアとウイッカムを見つけました。

やはりウイッカムには結婚の意志はなかったのですが、ふたりを説得し結婚の約束をさせました。彼の借金も、こちらでかたがわりして返しました。

すぐにロンドンで結婚式をあげさせます。すべて心配しないで、こちらにまかせてください』

ママは大よろこびでした。たちまち元気になって、リディアが結婚式で着るはずのウエディングドレスのことを気にしはじめました。

しかしパパはふさぎこんでいました。

「こんなことになった以上、結婚をみとめなくてはいけない。相手があんな男でもな」

リジーにはパパの気持ちが、よくわかりました。

「ウイッカムのような男が借金を返してもらったぐらいでリディアと結婚するとは思えない。きっと人のいいガードナー叔父さんが大金をリディアの持参金として出してくれたんだ。この先、いったいどうやって恩がえしをしたらいいのかわからんよ」

そういわれてリジーは、はっとしました。

（パパのいうとおりだわ。きっと叔父さまは一生かかっても返せないようなお金を出してくださったにちがいないわ……）

そんなパパやリジーの気持ちも知らず、ロンドンで結婚式をすませたリディアはウイッカムさんといっしょに、大はしゃぎで家に帰ってきました。

「わたし、もうウイッカム夫人なのよ。お姉さまたちよりも先に結婚したんだから！」

とくいげにいいます。

ウイッカムさんも平気な顔で、きげんよくみんなにあいさつしました。

（あんなに心配させて、みんなにめいわくをかけたのに、まるで平気だわ。とんでもないふたり。おにあいの夫婦かもしれないわ）

ママは、リディアたちがもっと近くに住んだらいいのにとしきりにさみしがります。

ウイッカムさんは北部の連隊に入ることが決まったので、結婚後は連隊とともに遠くに行くことになったのです。

（連隊をぬけだしてさわぎを起こしておいて、また別の連隊に入れるなんて！　叔父さまが仕事の紹介までしてくださったのね。どこまで叔父さまのお世話になったら気がすむのかしら）

しかし、リディアはただ幸せそうでした。

「わたしのだんなさまはすごくかっこいいでしょ！　結婚式でもすてきだったの。みんなにも見てほしかったわ」

リジーは、そうでしょうねとうなずきました。

「教会には叔父さま叔母さまと、**むっつり顔のダーシーさん**しかいなくて、さみしかったわ！」

「え？　ダーシーさん？　どうしてあなたの結婚式にダーシーさんがいたの？」

リジーはびっくりしてたずねました。

「いけない！　ウイッカムにそのことはぜったいにいっちゃいけないっていわれてたんだった！　あはは！」

リディアは笑ってごまかして、それ以上いいませんでした。

（おかしい。ぜったいにおかしいわ）

気になってたまりません。リジーはリディアとウイッカムさんが帰ったあと、叔母さんに手紙を書きました。

リディアの結婚に、ダーシーさんがひょっとして手を貸してくれたのではないかと、たずねたのです。

するとすぐにロンドンから返事が来ました。

『リジー、このことはあなたも知っていると思っていました。

ダービシャーから帰ってまもなく、ダーシーさんがロンドンのわが家をとつぜんたずねてこられました。

そして、今回のかけおちは自分に責任があるとおっしゃいました。ウイッカムがだらしない人間だということを、かくさずにいっていれば、リディアも彼についていかなかったと思うと。

そしてウイッカムの行きそうな場所をさがしてふたりを見つけ、彼の借金を清算し、たくさんの持参金をリディアにわたしました。

ウイッカムは結婚をしぶっていましたが、大金の魅力に勝てなかったのでしょう。結婚する気になりました。

おまけに、さわぎを起こしたので元の連隊にもどれないウイッカムのために、新しい仕事も用意してくれました』

(ダーシーさんが、そこまでしてくださっていたなんて!)

『しかも全部、自分がしたことではなく、わたしたちがやったことにしてくださいとおっしゃったのです。

それはいけないといってもがんとして受けつけません。

ダーシーさんはあなたの名前をけっして出しませんでした。

でもわたしたちは、彼があなたのことを思っているのがわかりましたので、ダーシーさんのおっしゃるとおりにしましたよ』

リジーはその文面……とくに最後のところが信じられなくて、なんども読みかえしました。

「ダーシーさん、ありがとう！　妹を、家族を救ってくださって本当に感謝します！」

（でも……わたしを思ってというのはちがうわ。わが家の評判が悪くなったら、ジェインを心配してビングリーさんが悲しむ。きっとビングリーさんのためよね。とても親友思いの方だから）

リジーは、ひとりうなずきました。

（わたしのことより、ジェインだわ！　ジェインこそ幸せになってほしい！　ビングリーさん、早くいらしてくれないかしら？）

リジーの願いがとどいたように、翌日ビングリーさんがやってきました。

「まあ、ビングリーさん、おひさしぶりですね。長くお目にかかれなくてそれはそれは……」

「ジェインさん！　またお目にかかれてうれしいです！」

ママのあいさつがおわるのも待ちきれず、ビングリーさんがいいました。

ジェインはうつむいたままです。

(姉さんったら、ここははずかしがってる場合じゃないわ！)

リジーははらはらしながら、ふたりを見まもりました。

「あなたに会うのが待ちきれなかった。はなれているあいだも、ずっとあなたのことを思っていました」

ビングリーさんの言葉に、ぱっとジェインが顔をあげました。

「はなれてどれだけあなたを愛してるのか、よくわかりました。ぼくと結婚してください！」

ビングリーさんは、大きな声でいいました。

ジェインは目を見ひらいて、かたまっています。

「返事を！　返事をお願いします」

まっ赤になったジェインは、助けを求めるように、ちらっとリジーを見ました。

（がんばって、ジェイン！　自分の気持ちをつたえるのよ！）

リジーは声に出さずに、必死にジェインをおうえんしました。

「は、はい……」

ジェインの声がふるえていました。

「はい。お受けします……。よろこんでお受けしますわ」

みんな大よろこびでふたりを祝福しました。

ビングリーさんはパパに正式に結婚の許可をもらうと、またあした来ます！　とはずんだ足取りで帰りました。

「リジー。こんな幸せな結末、信じられる？」

ジェインはリジーにだきついてきました。リジーは笑いました。

「ええ、信じられるわ！」

「わたし、今世界でいちばん幸せよ！」

リジーはジェインをだきしめ、心からのおめでとうをいいました。

ジェインの結婚が決まって、ベネット家はいっきに春が来たような毎日になりました。

「リディアのつぎに、ジェインが結婚するなんて！　それもあんなお金持ちとよ！」

ママはご近所や親せきにジェインの結婚をじまんするのに大いそがしです。

「リジー、どんなウエディングドレスにしたらいいかしら」

「ジェインだったらどんなのでもきっとステキよ。でも、髪にかざる花やブーケのことも考えなくちゃね！」

リジーたちがはなやかで楽しい話題でもりあがっていたときです。

馬車のやってくるにぎやかな音が、窓の外からひびいてきました。

「大きくてりっぱな四頭立ての馬車が来たわ！　御者もいい服だわ。

だれかしら？」

窓をのぞいたキティがいいました。

「なんだかはでなドレスのおばあさんがおりてきたわ。でも、すっごくこわい顔をしてる！」

「ええ？　どなたかしら？」

みんなで顔を見あわせていると。

「エリザベス・ベネットはいますか？　ああ、なんてせまい家でし

ょうね！」

玄関で、どなり声が落雷のようにひびきわたりました。

「い、今お取りつぎしますので、少々お待ちを……」

召し使いが泣きそうな声をあげています。

「はい、エリザベスはわたしですが」

リジーが玄関に出ていくと、ごうかな上着を着こんだ老婦人が、ワシのようにするどい目でリジーを見すえました。

「あなたに聞きたいことがあります。ふたりで庭でお話ししましょう。こちらへ来て」

老婦人はリジーに命令すると、返事も聞かず先に立って歩きだしました。杖をついているのですが、肩をいからせ、ずんずん大またで

に庭をつっきっていきます。

「でも、あの、どちらさまでしょうか？」

リジーは老婦人が立ちどまるのを待ってたずねました。

「わたしはキャサリン・ド・バーグです。ダーシーはわたしのかわいい甥です」

（あっ、コリンズ神父の『レディ・キャサリン』だわ！）

リジーはびっくりしました。

「わたしがなんの用で来たか、わかるわね」

「いいえ、わかりませんわ」

「**とぼけないでちょうだい!!**」

レディ・キャサリンは、ぐいっと首をふりたて背すじをのばしました。

「あなたのお姉さんがビングリーさんと婚約しましたね。世間ではこんなうわさが出まわっています。ふたりにつづいて、ダーシーとエリザベス・ベネットが婚約したと」

（ええっ！）

そんなうわさは、まったく知りませんでした。

「こたえなさい。あなたはダーシーと婚約したのですか？　そんなことはゆるせない！　こんな身分の低い家の者が思いあがりもはなはだしいことですよ！　ありえないわ！」

銀の食器を床に落っことしたみたいな、耳にささる、ひどいどなり声です。

リジーは、だんだん腹がたってきました。

「ありえないと思われるんでしたら、どうしてたしかめにいらっしゃったんですか？」

「なんて感じの悪いむすめでしょう。ダーシーはあなたと結婚などしませんよ。わたしのむすめと結婚させるんですから。ふたりが小さいころから、そう決めているのですよ！　亡くなったダーシーの母親もそうのぞんでいましたしね！」

「結婚はだれかにさせられるものではないと思いますけど」

「まあ！　あなたのような身分で甥と幸せな結婚ができると思うんですか？」

「幸せになれるかどうかは本人しだいだと思います」

「どうしても甥と結婚するつもりなのね！　ダーシーはあなたと婚約をしたの？　こたえなさい！」

「……いいえ」

そうこたえるしかありませんでした。

レディ・キャサリンはほっと胸をおさえました。

「なんだ、そうだったの！　早くそういえばいいのに。では約束しなさい。この先もけして、甥と婚約をしないことを」

リジーは、きっと首を立てなおしました。

「それは、お約束できません」

「なんですって？」

「わたしの結婚はわたしが決めます。あなたに命令されることではありません」

「本当に、にくらしいむすめね！　ダーシーにあなたのとった失礼な態度を話してやります。このことを知ったら、甥はまちがってもあなたと結婚したいと思わないでしょうからね！」

レディ・キャサリンはかんかんに怒って、馬車に乗りこみました。

よく見ると馬車のなかには、顔色の悪いやせた女の人が、ぼんやりとすわっています。

（あの人がレディ・キャサリンのおじょうさん……ダーシーさんの婚約者なの？　自分の結婚のことなのに、他人事のよう。でも、身分の高い人の結婚ってそういうものなのかもしれないわね）

レディ・キャサリンの馬車が去ったあと、リジーは考えました。

（これで本当の本当におしまいね。いくらひどい、いいかたをされたからって、ダーシーさんの伯母さまにあれだけいいかえしたんだもの。いえ、おしまいになったのは今じゃない。ダーシーさんはとっくにわたしのことなんて、好きじゃなくなってるわ）

リジーは、いっしょうけんめい気持ちをしずめました。

でもぽっかりと胸に大きな穴があいたようなさみしさは、消えませんでした。

つぎの日。

「リジー、元気がないわね」

ジェインは、ぼんやりと考えごとばかりをしているリジーに声をかけました。

「ええ。わたしがあなたみたいにやさしくて素直な性格だったら、幸せになれたかも……なんて考えていたのよ」

「リジー……」

ジェインは妹の悲しそうな顔を、両手ではさみました。

「あなたも、もうすぐすてきな相手に出会えるわ。そしてきっと幸せになれる」

「そうだといいけど」

「かならずよ。約束するわ」

「ありがとう、ジェイン」

そういったときでした。

「お客さまがいらっしゃいました」

召し使いが声をかけてきました。

「やあ、今日は友だちをつれてきましたよ」

ビングリーさんが、にこにこ笑って居間に入ってきました。

「お友だちですって？」

（もしかして、ダーシーさん⁉）

そう思ったのですが、すぐにリジーは、まさかと思いました。

（ダーシーさんが、来るわけがないわ……）

しかし、ビングリーさんのあとについてあらわれたのはダーシーさんでした。

「こんにちは、おひさしぶりです」

いつものとおり、白いブラウスに上等の上着をきちんと着て、りっぱな紳士の身なりであらわれました。

「**ダ、ダーシーさん！**」

リジーはダーシーさんの顔をまともに見られませんでした。

10 世界でいちばん幸せなのは？

「リジー、ダーシーさんにお目にかかるのはずいぶんひさしぶりだし、みんなでお散歩でもしましょうか」

だまりこんでしまったふたりをとりなすように、ジェインがいいました。

「それがいいね！」

ビングリーさんも賛成しました。

ジェインはなかなか動こうとしないリジーの腕を取って、外につれだしました。

そしてさりげなく、ビングリーさんといっしょにふたりのそばからはなれました。

ダーシーさんは、リジーの横にならんで、歩きだしました。

リジーはダーシーさんといっしょに歩くだけで、胸がどきどきして顔が熱くなりました。

なにを話していいか、わかりません。

ダーシーさんも、ずっとだまって歩いています。

(伯母さまからわたしが生意気なことをいったのも、もう聞いてらっしゃるわよね。今さらときめいたってむだなのに、ばかなリジー!

ああ、でもリディアの結婚のことはお礼をいわなくちゃいけないわ)

リジーは勇気をふりしぼっていいました。

「ダーシーさん。リディアとウイッカムさんの結婚で、あなたのしてくださったことを、叔母からみんな聞きました。なんてお礼をいっていいのかわかりません」

「ごぞんじだったのですか！　ガードナーさんには秘密にしてほしいとお願いしていたのですが」

ダーシーさんがこまった顔になりました。

「叔母をせめないでやってください。リディアが口をすべらせたので、わたしが叔母にたずねたのです。このことはわたししか知りませんが、家族を代表して感謝いたします。あなたのおかげでみんなが救われました！」

「……みんなあなたのためにしたことです」

ダーシーさんの口調が、ふいに熱くなりました。

リジーは、はっと足をとめました。

ダーシーさんは、リジーの目を見て、いいました。

「伯母からあなたのいったことを聞きました。それでぼくは希望を持ちました」

「希望？」

「あなたの性格なら、ぼくのことがきらいなら、ぼくと結婚しないと伯母にはっきりいったでしょう。でもそうはいわなかった。それでぼくは希望を持ったのです。前に結婚を申しこんだときとは、あなたの気持ちが変わっているかもしれないと」

ダーシーさんの目はあくまで誠実で、真剣でした。

「あなたの気持ちはどうですか？　あのときとおなじですか？」

リジーは、なにが起こっているのかよくわからないまま返事をしました。

「い、いいえ、おなじじゃありません。ず、ずいぶん変わりました」

「もし、ことわられれば二度といいません。だからもう一度いわせてください」

ダーシーさんは、はっきりといいました。

「あなたを愛しています。ぼくと結婚してください」

(これは……夢なのかしら)

リジーは、頭がぼうっとなり、返事ができませんでした。

ダーシーさんは、はらはらしながら、リジーのこたえをせかしま

した。

「エリザベスさん、どうか返事をお願いいたします」

それで、はっとわれにかえって、こたえました。

「……はい。結婚します」

「ほ、本当ですか？」

「ええ、本当ですわ！　**あなたと結婚します!!**」

ダーシーさんは、やっと笑いました。

リジーもいっしょに、笑いました。

そのあとふたりは、歩きながらたくさんのことを話しあいました。

おたがいを傷つけて、悔やんで反省していたと、いいあいました。

「あなたのいうとおり、わたしは偏見のかたまりでした」

「ぼくこそプライドの高すぎる人間でした。そのことをあなたが教えてくれたんです。あなたがぼくを変えてくれた」

「それは、わたしもおなじです」

いくら話しても話したりませんでした。話しているうちに道をそれて、帰り道がわからなくなるほどでした。

ふたりがようやくベネット家にもどってきたとき、

「いったいどんな遠くにまで、行っていたの？」

みんなが不思議そうに聞きました。

そのあと、ダーシーさんは、パパにリジーとの結婚をみとめてください と、正式に申しこみました。


ジェインをのぞいて、家族みんな、ぎょうてんしました。

「リジー、本当にダーシーさんと結婚する気かね？　あれほどきらっていたじゃないか！」

ダーシーさんが帰ったあと、パパが心配そうにいいました。

「彼が大金持ちだからかね？　それが結婚の理由なら、反対だ。おまえは尊敬できる相手でないと幸せになれないよ」

「そうじゃないの。彼はそうは見えないけど……**本当はすごくやさしくて尊敬できる人なの。心から愛しているわ！**」

そういうリジーの顔は、今まで見たことがないほど、うれしそうでした。

「……おまえがそう思うなら、結婚をみとめよう」

「ありがとうパパ！」

「おめでとうリジー。ほら、わたしのいったとおりになったでしょう？『もうすぐすてきな相手に出会えるわ。そしてきっと幸せになれる』って」

ジェインがいたずらっぽく笑いました。

「ジェイン！」

リジーが涙ぐみながら、ジェインにだきつこうとしたとき、どすんとだれかがぶつかってきて、リジーをぎゅーっとだきしめました。

「まあ、かわいいリジー！　なんてすばらしいの！　年収一万ポンドのおくさまよ！　なんでも手に入れられるのよ！　ドレスだって宝石だって！　ああー！」

ママのさけび声が、家じゅうにひびきわたりました。

リジーとダーシーさん、ジェインとビングリーさんはいっしょに教会で結婚式をあげました。

リジーとジェインは、すてきなウエディングドレスを着て、花とベールのついたレースの帽子をかぶりました。手にはおそろいの、

かわいいブーケです。
どちらの花嫁もあまりに美しく、どちらの花婿もりっぱなので、みんなが感心し、うらやましがりました。
すべてが落ちついたあと、リジーはロンドンの叔父夫妻にお礼の手紙を書きました。
『……あの旅行のときに叔母さまが、ダービシャーに行きたい、おやしきを見に行きたいといってくだったおかげです。あの日おやしきに行かなければ、今、こんなに幸せになれなかったでしょう』

そこまで書いて、リジーは手を休め、窓からの景色に目をやりました。

外には風に枝をゆらす緑の木々が見えます。

おやしきの、いちばんながめのよいその部屋が、今ではリジーのお気に入りの場所です。

『ジェインはビングリーさんとなかよくしていて、とてもいいおくさんになっています。わたし、世界一幸せよって、ジェインはよくいいます。でも、それはちがうと思います』

そこまで書いたとき、召し使いが部屋に入ってきました。

「おくさま。もうすぐだんなさまが帰っていらっしゃいます」

「まあ、もうそんな時間？　すぐに行きますね」

リジーはぱっとかがやくような笑顔でふりかえり、羽根ペンをおきました。

手紙のつづきは、こう書くつもりでした。

『世界でいちばん幸せなのは、わたしだからです。どうぞいつでもこのおやしきに、遊びにいらしてください』

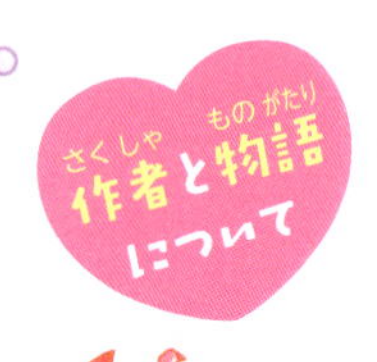

理想の結婚ってどんなもの？

編訳／令丈ヒロ子

　ジェイン・オースティンは一七七五年生まれの、イギリスがほこる国民的な人気の女流作家です。はでな大事件は描かず、人間関係のむずかしさをするどい観察眼で、おもしろく、細かに描きました。とくにこの作品『プライドと偏見』（『高慢と偏見』『自負と偏見』と訳されているものもあります）は、出版されて二百年以上たった今でも人気はおとろえず、ドラマや映画になったものも、大好評でした。

　いつの時代もどこの国でも、「理想の結婚」は大問題です。主人公リジーは、プライドが高く、尊敬できない相手とは条件がよくても結婚できないとなやみます。姉のジェインは人がよすぎて、自分の結婚だというのに、強い意見の人におしながされてしまいそうになります。そのほか、条件さえよければいいとわりきる人、なんでもいいから早く結婚したい人など、いろんな人が登場します。

　どの人の気持ちもわかるけれど、どの人もまちがっているような気がする。でも、とにかくみんな幸せになってほしい！　わたしはそんな熱い思いで、夢中で何回も読みかえしました。

　この本は、小学生のみなさんにわかりやすくするために、お話のむずかしいところをけずったり、少し内容を変えたりしています。大きくなったらぜひ原作を読んで、すみずみまで楽しんでほしいです。

　いくつになってもおもしろく読めて、読むたびに新しい発見がある、すばらしい作品ですよ。

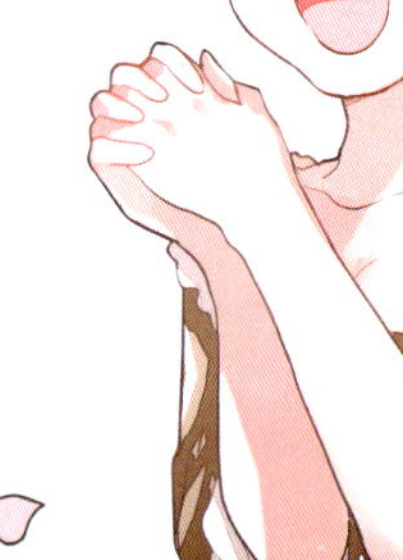

おしえてビリギャル先生!! 読書感想文の書きかた

坪田信貴

1 ワクワク読みをしよう!

「読書感想文を書くために読む」とか「宿題だから」じゃなくて、まずは楽しく本を読もう。今まで考えたこともなかったようなふしぎな世界がまってるよ。そして読む前とくらべて、ずーっと世界が広がって、頭もよくなっているんだ。そんなすがたを想像してワクワクしながら読もう。

2 おもしろかったこと決定戦!

本を読みおえたら、なにがおもしろかったか(印象にのこったか)考えてみよう。セリフでも、なんでもいいから、本を見ないで紙に書きだしてみて。おわったら、こんどは本をめくりながら、「ああ、これもおもしろかった」というのをあらためて書こう。「一番」おもしろかったこと決定戦をするんだ。

3 作戦をたてる(下書きをする)!

感想文は、4つの段落にわけて書くとうまくいくよ。【第一段落】は、この本を読むきっかけや、そのときの出来事。【第二段落】は、あらすじ。【第三段落】は、2で決めた一番おもしろかった(心にのこった)こと。【第四段落】は、この本を読んで、どんなことに気づいたか、どんなことを学んだか、世界がどう広がったか、自分がどうかわったか。

それぞれの段落に書くことを、メモするようにかんたんに下書きしよう。

下書き

- この本に出会ったきっかけは?

最近結婚した近所のおねえさんにすすめられて。「結婚」ってタイトルがいい!

- この本のあらすじは?

リジーとダーシーさんがプライドと偏見をすてて、しあわせな結婚をする話。

- 一番心にのこったところは?

ダーシーさんの1回目のプロポーズ。めちゃわらった! そして心を入れかえるところもとてもよかった。りっぱ。

- この本を読んで自分はどうかわった?

人は好きな人のためにかわることで、愛をつかめる。私も自分の悪いところを勇気をもってなおしたい。

❹ 作家になったつもりで書いてみよう！

ここからが本番だ。まずは「タイトル」決め。みんなが「お！」と思うようなオリジナルのタイトルをつけてみよう。そして、【一文目】がすごく大事。自分が作家の先生になったつもりで命がけで書いてみよう。

勇気を出して自分をかえる！『リジーの結婚』

五年一組　恋野リジー

「結婚」ってどんなものだろう。わたしはずっと自分がどんな結婚をするのかと夢みてきた。だからこの本を近所のおねえさんにすすめられて、すごくわくわくした。

この本は、主人公のリジーとダーシーさんが自分のプライドと偏見をすてて、しあわせな結婚をするお話。

一番心にのこったのは、ダーシーさんが一回目にリジーにプロポーズするところ。ダメダメなプロポーズで、逆にリジーをおこらせてしまうのだけど、反省してすっかり心を入れかえるのもよかった。人ってこんなにかわれるんだと感動した。リジーもそれでOKしたのだろう。

わたしも将来好きな人ができて、なんとかその人をふりむかせたいと思ったら、自分のよくないところを勇気を出してかえようと思った。

❺ さいごに読みかえそう！

さいごに自分の書いた文章を読みかえしてみよう。その感想文を読む人の気持ちを考えながら、読みかえして、より楽しく読んでもらえる表現はないか、まちがった言葉はないかなどを考えてみよう。

これで、もうあなたも感想文マスターです。どんどん本を読んで感想文を書いてみてくださいね。

もっとくわしく知りたい人は…

「100年後も読まれる名作」のHPで、ビリギャル先生が教える動画が見られるよ！↓

http://www.kadokawa.co.jp/pr/b2/100nen/

100年後も読まれる名作 10

リジーの結婚
プライドと偏見

2018年9月14日　初版発行
2024年9月10日　4版発行

作……ジェイン・オースティン
編訳……令丈ヒロ子
絵……水谷はつな
監修……坪田信貴

発行者……山下直久

発行……株式会社 KADOKAWA
〒102-8177　東京都千代田区富士見 2-13-3
電話 0570-002-301（ナビダイヤル）

印刷・製本……大日本印刷株式会社

●お問い合わせ
https://www.kadokawa.co.jp/（「お問い合わせ」へお進みください）
※内容によっては、お答えできない場合があります。
※サポートは日本国内のみとさせていただきます。
※ Japanese text only

定価はカバーに表示してあります。

ISBN978-4-04-893777-1　C8097

「100 年後も読まれる名作」公式サイト　https://www.kadokawa.co.jp/pr/b2/100nen/

カラーアシスタント　豆の素、Noah
デザイン　みぞぐちまいこ（cob design）
編集　田島美絵子（電撃メディアワークス編集部）
編集協力　工藤裕一（電撃メディアワークス編集部）

郵便はがき

102-8584

東京都千代田区富士見1-8-19
KADOKAWA　電撃メディアワークス編集部
100年後も読まれる名作
アンケート係

住所、氏名を正しく記入してください。
おうちの人に確認してもらってからだしてね♪

住所	〒□□□-□□□□　都道府県　区市郡
氏名	フリガナ
性別	男・女　年齢　才　学年　小学校・中学校（　）年
電話	（　）
メールアドレス	
今後、本作や新企画についてご意見をうかがうアンケートや、新作のご案内を、ご連絡さしあげてもよろしいですか？	（はい・いいえ）

※ご記入いただきました個人情報につきましては、弊社プライバシーポリシーにのっとって管理させていただきます。
詳しくは http://www.kadokawa.co.jp/ をご覧ください。

キリトリ

アンケートはがきをきって編集部におおくりください。

キリトリ

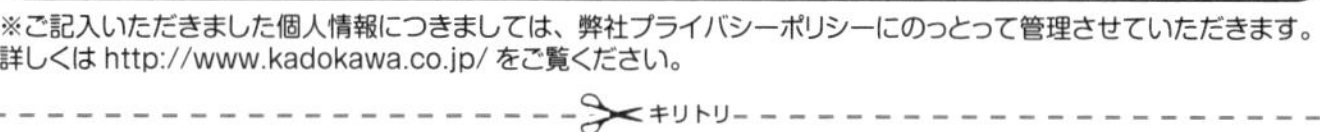

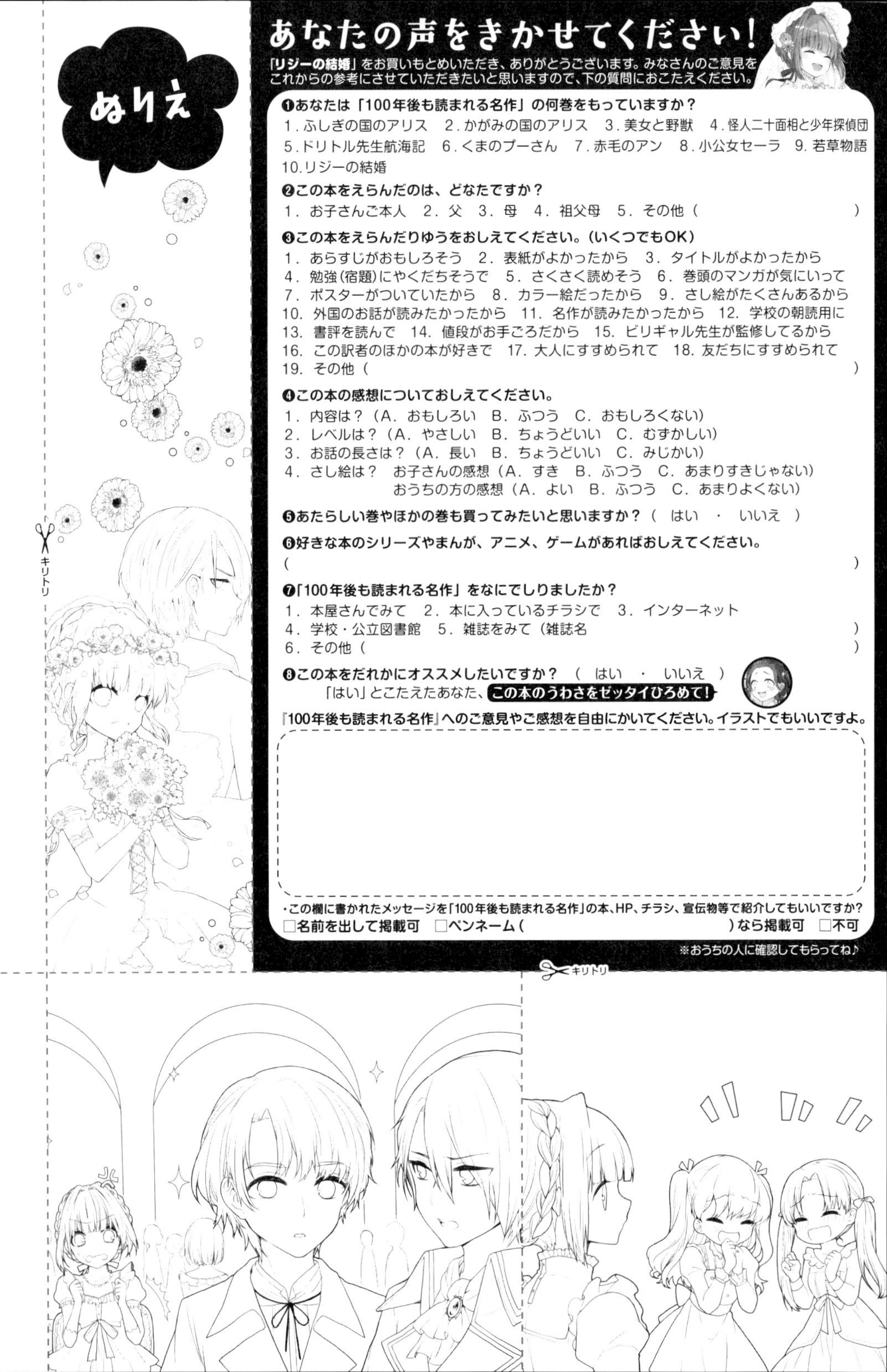

あなたの声をきかせてください！

「リジーの結婚」をお買いもとめいただき、ありがとうございます。みなさんのご意見をこれからの参考にさせていただきたいと思いますので、下の質問におこたえください。

❶あなたは「100年後も読まれる名作」の何巻をもっていますか？
1．ふしぎの国のアリス　2．かがみの国のアリス　3．美女と野獣　4．怪人二十面相と少年探偵団　5．ドリトル先生航海記　6．くまのプーさん　7．赤毛のアン　8．小公女セーラ　9．若草物語　10．リジーの結婚

❷この本をえらんだのは、どなたですか？
1．お子さんご本人　2．父　3．母　4．祖父母　5．その他（　　　　）

❸この本をえらんだりゆうをおしえてください。（いくつでもOK）
1．あらすじがおもしろそう　2．表紙がよかったから　3．タイトルがよかったから
4．勉強（宿題）にやくだちそうで　5．さくさく読めそう　6．巻頭のマンガが気にいって
7．ポスターがついていたから　8．カラー絵だったから　9．さし絵がたくさんあるから
10．外国のお話が読みたかったから　11．名作が読みたかったから　12．学校の朝読用に
13．書評を読んで　14．値段がお手ごろだから　15．ビリギャル先生が監修してるから
16．この訳者のほかの本が好きで　17．大人にすすめられて　18．友だちにすすめられて
19．その他（　　　　）

❹この本の感想についておしえてください。
1．内容は？（A．おもしろい　B．ふつう　C．おもしろくない）
2．レベルは？（A．やさしい　B．ちょうどいい　C．むずかしい）
3．お話の長さは？（A．長い　B．ちょうどいい　C．みじかい）
4．さし絵は？　お子さんの感想（A．すき　B．ふつう　C．あまりすきじゃない）
おうちの方の感想（A．よい　B．ふつう　C．あまりよくない）

❺あたらしい巻やほかの巻も買ってみたいと思いますか？（　はい　・　いいえ　）

❻好きな本のシリーズやまんが、アニメ、ゲームがあればおしえてください。
（　　　　）

❼「100年後も読まれる名作」をなにでしりましたか？
1．本屋さんでみて　2．本に入っているチラシで　3．インターネット
4．学校・公立図書館　5．雑誌をみて（雑誌名　　　　）
6．その他（　　　　）

❽この本をだれかにオススメしたいですか？（　はい　・　いいえ　）
「はい」とこたえたあなた、**この本のうわさをゼッタイひろめて！**

『100年後も読まれる名作』へのご意見やご感想を自由にかいてください。イラストでもいいですよ。

・この欄に書かれたメッセージを「100年後も読まれる名作」の本、HP、チラシ、宣伝物等で紹介してもいいですか？
□名前を出して掲載可　□ペンネーム（　　　　）なら掲載可　□不可

※おうちの人に確認してもらってね♪